Papel certificado por el Forest Stewardship Council®

Primera edición: mayo de 2015
Primera reimpresión: junio de 2019

© 2015, Clara Peñalver, por el texto
© 2015, Nune Martínez, por las ilustraciones
© 2015, de la presente edición en castellano para todo el mundo:
Penguin Random House Grupo Editorial, S.A.U.
Travessera de Gràcia, 47-49. 08021 Barcelona

Printed in Spain – Impreso en España

ISBN: 978-84-488-4396-0
Depósito legal: B-9174-2015

Impreso en EGEDSA
Sabadell (Barcelona)

BE 43960

Penguin
Random House
Grupo Editorial

Hoy estoy ENFADADO

Clara Peñalver
Nune Martínez

Beascoa

-¿Adónde crees que vas, enano?
Tuno pegó un respingo. No se lo podía creer,
aquella abusona lo estaba esperando de nuevo.
-¿Dónde está mi bocata?

Dora, una gata un año mayor, había convertido
los recreos en la peor pesadilla del pobre Tuno.
Llevaba cuatro días esperándolo a la salida de
clase para quitarle el bocadillo.

-¡Te aprovechas de mí porque soy más pequeño!
-protestó Tuno.
-¡No me aprovecho de ti! ¡Solo tengo hambre!
Las tripas de Dora rugían con gran escándalo.

Tuno tuvo que presenciar cómo aquella gata devoraba su bocadillo de sardinas sin que él pudiera hacer nada y, para colmo, sus propias tripas comenzaron a rugir sin parar.

Cuando Tuno llegó a casa, subió corriendo a su cuarto sin detenerse a saludar a su hermano ni a su madre. Estaba harto de tanta injusticia y tremendamente enfadado. ¡¿Quién se había creído Dora que era para andar robando la comida de un gato más pequeño?! Ahora no solo le rugían las tripas, también le dolía la barriga y se sentía muy flojo.

A Tuno le hubiera gustado confesarle aquel problema
a sus padres, pero Dora lo había amenazado con
darle un coscorrón si se lo contaba a alguien.
-Además, ¡yo no soy ningún chivato!
-exclamó indignado.

Tuun

-¡Tunooo! ¡Baja a comer!
-llamó su padre desde la cocina.

Tuno se olvidó por un momento
de Dora, la roba-bocadillos, y
corrió escaleras abajo en busca
de su plato.

Aquel día, Tuno devoró el plato de lentejas. Y después de las lentejas, dos yogures, y después de los yogures un enorme plátano. Y tan rápido, tan rápido, que apenas se paró a respirar.

-Tuno, mastica bien que te vas a poner malo -le advirtió su madre.

Dicho y hecho, después de comer, el dolor de tripa era aún más fuerte.

La madre de Tuno, que como todas las madres es tremendamente lista, llegó a la conclusión de que aquel apetito tan exagerado se debía a que su hijo no se había comido el bocadillo en el recreo.

Cuando acudió a su dormitorio a preguntarle,
Tuno tuvo una reacción un tanto inesperada.

-¡¿Y a ti qué te importa?!
¡¡Tienes que saberlo todo!!
¡¡Déjame en paz para siempre!!

Los gritos de Tuno se escucharon por todo
el vecindario. Por supuesto, a sus padres no
les gustó nada aquella respuesta.
-Llama a Antón y Fito para decirles que esta
tarde no saldrás a jugar -ordenó su padre.

Tuno no podía creerlo. ¡Era viernes!
Y los viernes siempre salía a jugar a la pelota.
-¡La vida es injusta! -gritó el niño y se escondió
bajo las sábanas.

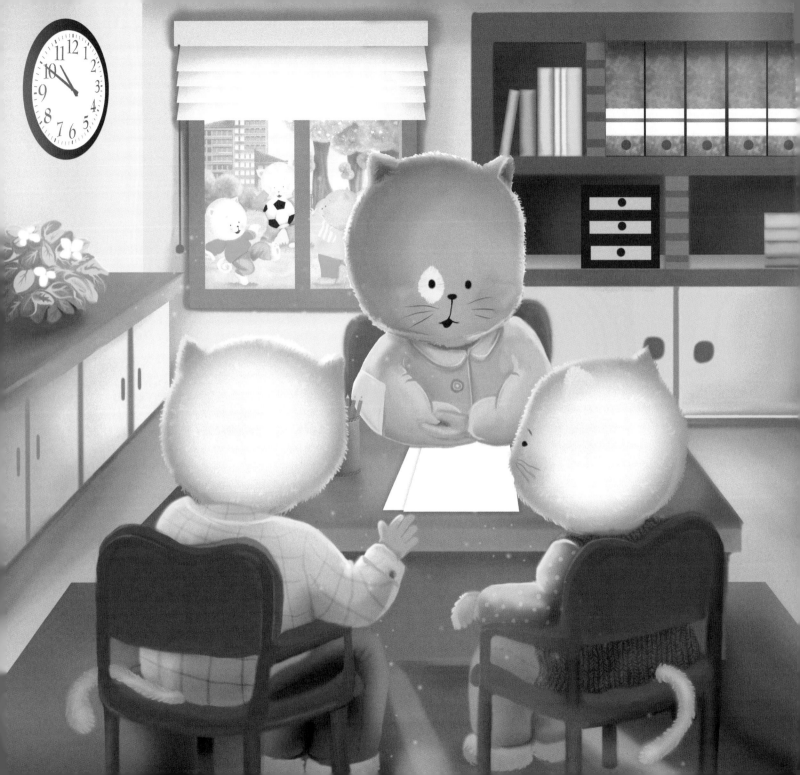

Los padres de Tuno, que sabían que su hijo
debía de tener una buena razón para estar
tan enfadado, decidieron averiguar qué pasaba.

Con la ayuda de una profe, pronto descubrieron
que una niña mayor le robaba a su hijo, cada
día, el bocadillo.

Era lógico que Tuno se sintiera frustrado.

Cuando hablaron con su profesora,
comprendieron por qué Dora, una gata
que siempre había sido respetuosa,
actuaba de aquella forma: sus padres
no tenían trabajo y apenas les llegaban
los ahorros para comer una vez al día.

A la mañana siguiente,
la mamá de Tuno tenía
preparados dos exquisitos
bocadillos: uno para Tuno
y otro para Dora. Al verlos,
el niño sintió miedo. Pero
su madre lo convenció
con un guiño y una gran
sonrisa.

-¿Adónde crees que vas, enano?

Tuno se echó a temblar al oír la voz de Dora,
la roba-bocadillos.

-¿Dónde está mi bocata?

Cuando Tuno sacó los dos bocadillos,
estaba casi seguro de que se iba a llevar
el coscorrón. Aún así, fue valiente y dijo:
-¿Cuál prefieres? ¿Sardinas o gambas?

-¡¿Cómo?! -preguntó Dora, pasmada.

¡Menuda experiencia! Con una pequeña ayuda, Tuno había conseguido librarse de una abusona y, en su lugar, encontró una gran amiga: Dora. Cada día, los dos desayunaban juntos en el recreo y después hacían alguna que otra travesura. Desde aquel momento, antes de perder los nervios, Tuno siempre acudía a sus padres para contarles sus preocupaciones porque, después de todo, los problemas casi siempre tienen solución.

Al habla con el psicólogo

No podemos elegir qué sentir, pero sí podemos decidir qué hacer con lo que sentimos y, por supuesto, podemos enseñar a nuestros hijos a hacer lo mejor con aquello que sienten.

LA IRA

Llamamos ira a esa energía que surge en nuestro interior cuando algo nos genera frustración, tensión o malestar, llevándonos al enfado y, en ocasiones, a la agresividad. Aumenta el ritmo de nuestro corazón, tensa nuestros músculos y nos prepara para actuar.

En los niños, este sentimiento puede aparecer ante un trato injusto, con alguna tarea que no les sale, al no conseguir un capricho, por el incumplimiento de una promesa, si les quitan un juguete...

La ira tiene su función, no lo olvidemos. Sirve para que el niño se defienda ante situaciones injustas o para que se esfuercen mas ante determinados retos. Si bloqueamos este sentimiento en nuestro hijo, solo lograremos aumentar su malestar y terminará convirtiéndose en agresividad o violencia, y eso es lo último que queremos, ¿verdad?

¿Qué hacemos entonces? Pues ayudar al niño a RECONOCER y a REDIRIGIR este sentimiento, explicándole cómo nos afecta y enseñándole formas adecuadas para gastar esa energía: hablar de aquello que les enoja, buscar el apoyo de los mayores, cambiar la forma de afrontar esa tarea difícil...

¿Y si aparece la agresividad? Como siempre... ¡¡¡HAY QUE MANTENER LA CALMA!!! Debemos ser firmes y serenos, nunca agresivos, evitando culpar a nuestro hijo con expresiones como «eres malo». Es mejor reprender la conducta y dar tiempo al niño para pensar en ello.

Por supuesto, regañar o castigar no es suficiente. Una vez se reduzca la agresividad, es importante explicarle las consecuencias de lo que ha pasado para que asuma su RESPON-SABILIDAD, y darle alternativas.

Pero ¡ojo! Debemos ser razonables y comprender que, a veces, el enfado está justificado a pesar del mal comportamiento. Así, ayudaremos a crecer a nuestros hijos sin limitar sus posibilidades.

Paco Rodríguez, el psicólogo en la sombra